허공아 !
너 다 가져

임선영 시집

시인
도서출판

사랑하는 사이도 서로에게 허기져 있는 세월
어느 장소 어느 시간을 가리지 않고
늘 찾아오는 공허
내 안의 허기짐을 채우기 위한 언어
살아가면서 뭉쳐온 여기저기 모난 '거리'
덩어리를 밀어내려 한다.
풀리지 않는 덩어리를 어쩌나…
시원하기보다는 어딘가 어설퍼 주저주저함은
정신과 영혼을 좀 더 더 높게
드러 내 보고 싶은 욕망 때문일 것이다.
뭘! 다 놓고 갈 텐데…
버리자 비우자.
모자람은 또 채우지 뭐
갑자기 그런 마음이 몰려와
"허공아! 너 다 가져"
그리고 또 천천히 조금씩 녹여내며 커 갈 것이다.

2018년 6월
임 선 영

차 례

※ 시인의 말

제1부 / 안쪽의 나

차 례

제2부 / 시를 쓰면서

차 례

제3부 / 고향 뜰

차 례

제4부 / 꽃송이

제 1 부

안쪽의 나

7

안쪽의 나

품 안에 울고 있는 나
손 잡아 주는 일
깜빡 잊고 가는 날 많았어
자신을 돌아보며 하는 말
지금 어디로 가고 있는가

아래를 내려다보며
발길 돌려주는 일
피맺힌 순간 기억하며
감사생활 찾는 일

물질에 취해 비틀거리며
오욕에 찌들어 숨 막혔던
치열한 과거와의 상면
상실한 것을 바라보지 말자

계단 밖의 나
손안에 남아 있는 것도
헤아리고 보살필 줄 아는
그것이 살리는 길이리라.

소리 자리

여기저기 꽃 피어
난장판으로 찬란한 화원
저 안에서 문 두드리는 소리
여보세요 찾아오는 행복
꽃향기 스미듯 들려오는 것
바람이 숲으로 스치고 지나가듯
안과 밖 떨어져 있지 않고
하나 되는 내면의 그림자

불을 끄고 기댄 창틈 사이로
귀를 맡기면
흐르며 떨어지며 두드리는
맑고 투명한 소리
소리 없이 가고 오며
보내오는 참회 자리
가는 것도 오는 것도
경전인 그 자리
소리 없이 피고 지는 자리

조금 남은 귀한 여백
감사로 채우라는 소리.

보이지 않는 꽃

산골 어느 계곡
자세히 보면 들어오는 꽃
여름 비가 무등 태워
그림을 그려 놓았네

어디에 피워진들
그 향기 그 모습 아니던가
자리에 연연하지 않는
모습과 향기 자락
싹 비운 들판의 여왕이로고

어디에 놓인들
보이지 않는 듯해도
품위 그 미소 보물
다른 것과 틀린 것을 가리네

천천히 뜯어봐야 보이는 꽃
열려있는 행복을 찾았음이야.

침묵

주둥이라고 지어진
얼굴 안의 식구 중에는
늘 이것이 살고 있다

답답하지도 않은지
웅크린 언어를 가득 담고
써 보지도 않고
말해 보지도 않는
진솔한 이야기들을
숨어 담고 있다

냄새나고 어두운 속에
깨여있는 그것이
조용히 듣고 있다

나오는 것보다
들어주며 깨닫는 것이
더 크다는 것을 알고
구멍을 꼭 막고
배시시 웃기만 한다.

붙이_{不二}

아파트 정문 우체통
늘 빨강 옷이다
비가 오나 눈이 오나
한 벌 옷 걸치고
춥고 덥지도 않은지
늘 그 모습이다

세상 변해 넣어주는이 없이도
하루 종일 찾는 발길 없어도
세상 사는 일이 다
이렇게 사는 거라고

세월 보내는 것이
1호나 2호나 같은 거라고
그냥 그 자리에
호젓이 한 세상 그리 산다.

멈춤

하루에 몇 번을 멈추어야
달라질 수 있는 길인가
활활 타는 불
여름비에 적시며
눈 감으면 불은 꺼지고

제 갈길 찾지 못한 마음
하늘에 던져 버리면
파란 하늘에 분홍꽃이 핀다
버린 가슴이었다

계절만 어찌 자리에 머물러
수채화를 그려 놓을까
멈춤과 어울리니
인생은 하늘에 핀 예쁜 채색화

기쁨이 온통 내 것이었다.

삭임질

오래도록 제 길 찾지 못해
풀지 못하던 응어리
여름 오는 뜰에 내려놓는다

인기척 대신 적막 가득한 뜰
입 한 번 열지 않고
삭이며 질 줄도 알며
곱게 피었다 갈 줄 알아
변화를 견디는 삭임질

드러나면 뭐 할 것이며
채워진다고 가지고 갈 수 있던가
먼 길을 찾아왔고 또 가야.하기에
잠시 쉬었다 가야 하지 않을까

풍경이 주는 지혜를 품에 안고
산과 같이 삭혀가는 시간.

큰 그릇

크게 품어 안은 그릇
무량 세계 한 점으로 떠돈다
눈에 들어오는 키다란 공부 순간

광대한 자연 출렁이는 기운
크고 작은 것도 추하고 모자람도
끌어안고 숨겨주고 덮어주며
소리 없는 요지부동

있는가 하면 없고
없는가 하면 있는 큰 사람
순환무궁 한 마음 그 속에
청소하고 목욕한다

마음 바라보라는 눈 주시고
또 하나 밖을 보라는 눈 주시니
두 눈을 감고 자신을 본다

천지자연 저리 성스러우나
그릇 작아 담지 못하는 설움

석양의 그늘에서 은을 발견하며
큰 그릇에 담겨 숨 쉬는
먼지 한 점
감사로 손 모은다.

수도의 여명

정신의 불길 다독거리는 새벽
물길 헤쳐 드러난 혼
티끌 하나 묻지 않는 몸으로
전체를 감싸안는 위대함

어둠 속에 드러난 일원의 불
왼손과 오른손 하나 되는 아침
침 가득한 입속에서 떨어지는 영주
검은 가슴 열심히 쓸어내는 청정주

똑 딱 똑 딱 찌든 때 떨어지는 소리
환한 이 몸 드러나는 새벽
맑은 물 출렁이는 인광
목탁소리 하나가 얼마나 큰 기쁨이랴

일원의 불에 몸과 마음 가르면
싸늘한 이마 맑게 트여
새벽하늘의 구름을 날린다

길 찾는 조막만한 중생

길을 찾은 즐거움
꽃 한 송이 피워 낼 것 같고
금방 중천에 환한 해가 뜰 것이다.

공부 길

좁디좁은 자기 가슴
입담으로 쓸어주고
툭 트인 남의 가슴
콕콕 찌르며 웃는다네

설레벌레 드러나는 허물
눈 안으로 쏙 들어오지
지 죄는 보지 못하고
남 것은 빨리도 보지

그런 자네 알고 가는가
세월 간다고 어른 아니지
철들어야 불려지지
실천하고 고개 숙이는가

하루 많이도 가는 마음
공부 길.

다스림 (1)

기억 때문일까
힘들다는 생각 들어오는 날
장돌뱅이 되는 마음

안개속 회상을 집어
마음 앞에 앉히고
미안해 용서해 고마워 사랑해
가야 할 고샅길 훤히 보인다

고통이 거름 된다더니
해가 묵을수록 울림 커진다
더 큰 열매로 열리겠지

지킨다는 것은
세상과 타협하지 못하는
고단한 일이지 않던가

남은 시간에게 일러준다
작아져야지 주기 위해.

다스림 (2)

눈을 감고 점검 받는다
눈을 뜨는 순간부터
이렇게 살라 손 모은다
양심 둘러보며 버렸던 것 없었는가
진리 전 속임은 없었는지

옳은 길 무엇인가
드러남 버려서 낮아졌는지
도미덕풍에 때 묻힌 일 있다면
늘 하늘 앞에 두 손 모으고
용서를 간절히 빈다

지금 여기 서 있는 이 자리
한 점 티끌 보이지 않도록
입은 꾹 닫고 살았는지
가슴을 열고 들었는지
안쓰러운 인연 다독다독
발 길 띄워 위로했는지 묻는다

맑고 밝고 훈훈한 사람 되다

떠나야 하는 얼마 남지 않은 삶
가슴 깊이 정직하고 따스한 사람
거짓 없도록 최선 다한 사람 되기를
눈을 감고 점검받는다.

내 것 어디 있던가

하늘 먹구름 몰고 와 난장을 치더니
통곡하고 떠난 자리

더위 보따리 쌓는지
매미 설움 천지를 치더니
벌써 서늘함 끌고 온 계절

뜨거움 안겨주며 오더니
서늘함 던져주며 가는 세월
하나 같더이다
오면 가고 가면 오고
멸과 승도 그러한 것을

무엇인들 온전히
내 것 어디 있던가
그냥 흐르는 것을 보면서
무심의 강이 된다.

차 버렸더니

차 버렸더니
확 열리는 기쁨
화가 뒤도 안돌아 보고 줄행랑친다

확연히 처진 뒷모습
가슴 훵하니 열고 박장대소하니
명예가 똥침막대기 되어
절절 매며 절을 한다

뒤집어진 맘도 옮겨놓고
토끼풀 작대기로
마알간 얼굴 보도시 건져 올리니
화한 꽃 피었어라

세월 한 귀퉁이
나뭇가지에 걸렸던 행복이
제대로 걸어가며
껄껄대고 가는구나.

버림과 채움

채반 위 생선
가슴을 활짝 열어젖히고
허기진 눈 멀뚱멀뚱 뜨고
축 다 비워내고 누워있네

후덥지근한 짓궂은 햇살
살살 핥고 지나가는 바람
한 생이 그렇지 뭐
다 드러낸 채 말러가고 있네

채움의 자리 발견한 새
날아와 용트림하는 고개
요리 찍을까 저리 찍을까
시선 머무는 곳

허기 다 내어 놓은 눈
허기진 배 채우려는 눈
서로를 응시하며
비린내 울컥 올라오는
한 생 모습이네.

하늘이 들려주는 이야기

요사이 하늘은
파란 음성으로 따라다니며
내 말 듣고 가야지
온종일 흰구름 손 잡고
마음을 휘젓는다

입도 향기도 없으면서
눈 속으로 들어와
바다보다 더 파란
맑은 모습을 주체 못하면서
줄줄 법문을 뽑아낸다

눈 감았다 떠도
끝없이 이어지는
시원한 색으로
눈도장 찍으며
생은 무량겁이라고
죄를 짓지 못하게 한다
칼을 갈지 못하게 한다.

正이다

욕심을 제거하려
실랑이를 한다
물의 가족이 되어 달에서 울고있다

어둠의 침묵에게 술 한 잔 따르니
새소리 바람소리 물소리
이리 가야지 설하고 있고
꽃과 나무 구름
모두 빈 몸을 드러낸다

통하고자 하면 박혀야 하고
알고자 하면 몰라야 하고
얻고자 하면 버리라고 한다

무정 물이 부럽다
불 같이 일어나던 최고의 마장
문득 하얀 칠을 하고 고요해진다
정이다.

파란 화선지

밤에는 달과 별을 품고
반짝이며 속을 드러내고
낮에는 파란 넓은 바다로
하얀 속옷을 걸치고
노저어 다니는 구름 품고 논다

참 속도 없는 자연
월세 한 푼도 없이
넓은 공간을 이색저색 물들이며
이것 그렸다 금세 지우고
저 색 넣었다 금방 지우고
낙서를 해 대건만
늘 서늘한 얼굴을 하고
너 해라 나는 나다
하늘의 여백 넓은 자리
번잡 떨쳐 낸 얼굴에서
인생을 배운다.

닫힌 입술

생각을 담은 그릇
소리를 안고 조용해지면
고요가 몸을 적신다

깊이 새겨진 말
가득 담긴 생각
입안에서 고독으로
무르익어간다

횡설수설 쏟아버린
후회 덩어리의 태산
만들지 않으려고

좋은 친구는
말 없어도 넉넉한 사이
귓속의 귀로
소리 없이 듣는 사이
닫힌 입술 열린 사색으로
진한 향기 자리를 맑힌다.

행복의 조건

정녕 꽃이 아니어도 좋다
계절을 견디게 한 아픔 보면서
무엇이 꼭 되어야 하고
무엇을 이룰 것인가

복잡한 것보다는 단순에서
살뜰해질 수 있듯이
눈을 감고 침묵 속에
자신을 턱 내려놓으면

보지 않아도 좋은 것은 보이고
듣지 않아도 될 소리는 듣지 않고
말하지 않아도 될 말은 삼킨다

꽃이면 더 좋고 가시라고 어떠할까
자신 그래야 덜 달아지고
인생의 뜰 덜 시들어 싱그럽더이다
보다 부족한 것들이
보다 풍요한 것을 안기더이다.

봄 자리

꽃자리 나목의 마디마디에 실어날라
금세 처질 듯 꽃망울 수를 놓네

메아리와 같은 마음
열린 눈으로 볼 수 없지만
마음과 마음끼리 주고 받고 흔들린다

보이고 만져지는 것
지극히 작은 모서리
털끝만큼도 어김없는 자리
촉새 가슴으로 어찌 볼 수 있을까

푸짐도 하구나 넉넉한 보시
속절없는 세상에 봄을 선물 하려고
형형색색 수를 준비하다니

부족한 이 몸 속일 수도 없는 마음
흘러가는 데로 몸을 맡기고
인생이라는 판에 고운 수놓다
가거라 하면 멈추어야겠지.

기대는 기도

봄바람이 산들거리면
불쑥불쑥 길을 떠나고 싶은
묵은 병 도진다

눈은 허공을 더듬고
입은 침묵에 기대여
잿빛 이론과 논리
버리고 따지고 쪼개고 의심하면서
거기에 이유를 달려고 한다

기도를 한다
묵은 시인의 마음이
갈라지고 절여지고
씻어지고 담아져서
우주의 조화에
동참하게 해 달라고.

살얼음

인생이 그랬었다
그리고 또 그리로 자꾸 간다
한 발 디디고 생각하고
두 번 디디고 잡고
세 번 디디니 겨우 선다
비움의 짐을 달지 않으면
그냥 미끄러진다

가끔 가다 하늘을 보면
보고도 못본 척 그냥 한가롭다
유유한 구름 한 순간 적멸
스치는 시원한 갈바람
판을 녹이는 몽유도원

삶의 밧줄을 하늘에 걸고
살얼음 같은 길을
조심조심 걸어서 간다.

밀물과 썰물

심장이 뻐근해질 때
늘 과분한 보답을 주는
오직 자연만이 주인인
파도의 출렁임 앞에 선다

바다의 리듬이 낳은
하나 되어 서로를 여는
수평선 저 멀리
안 보이던 길이 보인다

태초의 자연이 만들어 놓은
비웠다 채우는
자연달력 앞에서
깊어지고 있을 때
사람의 길도 실낱같이 보인다

다 밀고 갔던 행이
채워지며 오는 그리움으로
그려지며 오고 간다.

내버림

온갖 집착과 모순
타성의 집에서 나온다

미련 없이 빈손으로
거듭거듭 다독이며
잘도 익어간다

온갖 장애물 경기를 거치면서
터져 아프던 갈등도 버리고
이해 못하던 모순도 놓고

허공아! 너 다 가져
커다란 내버림.

흐르는구나

꽃 지는 일 잠깐이더이다
세월은 그렇게 말 걸어오고
허락 없이 따라나서는 그리움
마다하지 않는다
어쩌다 골 깊은
회상을 풀어놓았을까
심장이 뻐근해질 때
노래를 읊조린다
세월은 흘러가는 물결이라고
골고루 사랑하고
일일이 쓰다듬어줄 새 없이
피는 것도 지는 것도
구름에 달 가듯 곰삭아 흐른다
꽃으로 봄 찾아오듯이
서서히 잊히는 것도
곱게 지는 가을
겨울이 멀지않은 것 같다
이제 조금씩 지워지는
과거 현재 그리고 미래
흐르는구나.

작달비

굵직하게 내리쏟는 비
위아래 구분 없이 받아주고 나니
흠뻑 젖은 몸이 말한다
자연이 무상으로 던져주는 선물
공짜는 절대 없는
매서운 것이라는 것을
오래 방치된 마른 골목길
핑음과 함께 깔기듯 지나가는 비
잘 자란 소나무가 진저리 친다
아주 잠깐
사는 게 참 무서운 것이라고
조물주 앞에 겸손하지 않으면
잔인하게 젖는거야
냅다 뛰었다.

상처

깊이와 크기 얼마이기에
새살이 돋았는데도
굳은 딱지 풀어질 줄 모르나

치유의 감정
고통의 분출
분노의 외침
아직도 울 넘지 못하고
빚 받으러 온 사람인 양
똑바로 눈을 맞춘다

기웃거리는 자욱
내 잘못 아니야 외쳐도
세월을 배불리 먹은 이것
늘 그 자리에 서서
잔소리를 한다
스승으로 삼으며 가라고.

모두가 하나

텅 빈 허공에 하늘 심고 달도 별도 그리고
연꽃섬도 심는다

파랑 물감 확 던지니 하늘
노랑 물감 풀어 개나리 담치고
뜰에 뿌린 분홍빛 활짝
개똥벌레 초라 가랑이 오가며
지란지교 꿈꾸며 좋다

좋은 까닭 한없이 심어
분별없는 자리 만들어
하나로 만나서 하나로 살고
하나로 돌아가는 삶

보이고 안 보이는 모든 존재
둘 아니고 하나이니
생과 사 문제
불생불멸 판으로 돌아가네
어허 지금 여기 이 생각도
놓고 버리고 갈 판.

제2부

시를 쓰면서

속도를 다독이며

세월을 타고 정신없이 달리다
한 생을 터는 가랑잎 보며
자신을 뒤돌아본다

속도는 얼마나 될까
잠시 비워보는 시간
버리고 싶은 고통따라 붙을 때
지금의 모습 아닌 것을 바랄 때
깊은 사색에 젖는 하루

꿈을 꾸려면 속도를 깨야 한다
어머니의 손맛과 고향의 맛
옛 맛과 멋을 잊지 않기 위해
험한 길 위에서.

시를 쓰면서

아스라한 지평선 은파 현기증으로
눈을 감으면 울렁증 손짓한다

세월은 흘러도
신열은 지금도 앓이를 하고
개찰구를 찾으려 헤매지
출구는 어디 있는가
계절은 비웃듯 또 간다

느낌 한 토막을 찾아
자신의 때깔로 써 놓고 보니
허망하다고 뒹구는 언어들이
붓 끝에서 퐁당 떨어져 나가
지친듯 세월을 덮고서
수백 년 몸 비틀었을 세월에 숨어
인기척 대신 적막이 가득하다

시인이여, 그대 시인이여
떨어져 나간 단어가
부르는 소리 듣는가.

문설주에 기대어

가시덤불 속에서
그 마음 어찌 지냈나
시름 섞인 속마음
꼬깃꼬깃 접으며
통곡하던 꽃의 마음
누가 알기나 할까

깨끗이 씻어내고 싶어
훌훌 털어낸 빈 몸 되어
문설주에 기대어
지금 여기 열어보니

줄 타듯 내려왔던
역경이었던 지난날
먼지 되어 흔적 없고
웃음 가득한 언저리
꽉 찬 짐 덜어낸 마음
순경의 새날
돌아올 것만 같네.

秋心

추석명절 우르르
전생 빚쟁이들
가을바람으로 다녀간 뒤
그 빚 무엇이었던가
둥근 님에게 물어보니
묵언으로 두둥실 웃으며
잠든 뜰에 비게질*이다

단풍은 살며시
헌 몸 버리고 새 몸 받으려
자꾸자꾸 옷 갈아입는 데
건들마**에 흔들린 여심
자연의 가르침 흥건한 뜰
입안에 향기가 돈다

뜰아래 나뭇잎 씻기우는 소리
서늘하구나 잎새 노니는 소리
보름달 아래 서늘한 청풍
마당을 채우는 초가을 적막
콩막걸리 항아리 풀어서

달래 주워야지.

* 가려운 곳을 긁기 위하여 나무나 돌 따위에 몸을
  비비는 것
** 초가을에 남쪽에서 불어오는 선들선들한 바람

향기를 듣다

여적 맡기만 하던 향기
창가로 들리는 소리
등신같이 맡고만 다니다
자연의 숨소리 들을 수 있다니
이제야 아이 때 벗겨지는 기운

여태 그 맛 모르다가
들리는 수 알고 갈 수 있다니
고통이 행복의 짝이었구나
문득 심신의 향기 봄날 아지랑이 된다
천 번 흔들려야 어른 된다 했던가

청시聽詩가 향기를 몰고 오네
맡고 듣고 만지고 아우르니
기쁨 감당할 수 없네
찬바람 불어도 닫지 말아야지
길섶가의 풀잎으로 져도.

가는 봄비

창 밖 가슴베는 멜로디
가고 옴 늘 한자리
이미 알고 있으련만
흐느끼듯 가는 봄비

숫처녀 수줍음 같던 봄
보내는 하늘의 신음소리
그렇게 앓으며 간다

내리고 쏟고 쏟아도
뜨겁게 또 쏟아 낼
곧 쫓아오는
한여름 통곡 소낙비
한 통속 되지 못하고
저리도 슬픈가

기도마저 멈춘 채
터트리며 치대는 소리
울컥 오목 가슴 저린다.

활짝 핀 가을꽃

가을꽃 웃는 모습
신선한 익살

웃음 속에 깃든 맑음
꼼짝 못하고 사로잡히는
보이지 않는 사슬

천지사방 퍼지는 웃음 향기
넉넉하게 살찐 넉살

즐겁지 않은 세상사
슬퍼질 때 최면에 걸리듯
즐겁게 웃으며 진다

넉살과 익살 속에
늙어가는 가을꽃
마음은 햇살

담박질하는 세월 속
찬란한 몽유도원도.

토라짐

무엇이 도톰하게 했을까
살짝이 빈틈 슬쩍 열고 쏙
그가 품 안에 웅크리고 있네
멈출 수 없는 세월
벌써 틈이 춥네

매미는 샛바람 속에서 우는데
뭉쳐진 가슴 보고도
세월은 너 혀라 나 간다
휑 무심으로 간다

생각이 무한한 공간을
채우며 다스리는 동안
물은 아래로아래로 흐르며
잡았다 놓았다 요동치네.

덩어리

삶의 작은 터에
쓸리지 않는 단단한 덩어리
어느 한 곳도 필요하지 않은 곳 없건만
지금은 짐으로만 조이는 데 어쩌랴
전생의 빚이던가
꼼꼼히 다루어도 자꾸 걸리는 덩어리
가슴에서 비질 안되는 이것들은
지금 쓸어서는 안되는 것들이겠지

폭풍우 지나간 후 그 언덕 위에
어느 날 멋진 정원에 바위로
한자리 채울 덩어리인가 보지
어쩌랴 안고 가야지
적재적소에 놓일 날 있으리
그때 이 가슴 덩어리 풀리리라.

치유

겨울이 놀다 간 자리
추운 상처 위로 시방 봄이 내린다

산처럼 서서 울던 나목
기댈 곳 없던 외로움
눈을 뜬다

바람의 손 끝 스친
봄이 허물을 벗기는데
가지에 솟구치는 불씨
햇살 몸을 섞으며
살랑살랑 연두로 일렁인다

보내야 할 것과
내주워야 할 생채기들
이제 가야지
구시렁거리며
햇살이 자꾸 더듬는다.

달빛 따라 걸으며

호젓이 비치는 길 따라갑니다
은은한 힘으로 구석구석
감싸안아주는 둥근 힘

풀숲에 숨어있는
은은한 어둠의 깊이에 젖어
안을 들여다보며 걷는다

온갖 추악한 언어의 난동
고여 있는 지독한 냄새들
해방시키며 호젓이 젖는 길

심연의 언어
수런수런 눈으로 이야기하니
가슴을 쓸어내리며 날아갈듯
가벼운 몸이 된다

어둠을 감싸안고 가는 달빛은
꼼짝 않던 덩어리도 녹여주며
흠뻑 보듬으며 간다.

4월은

갑자기 4월의 향내
거친 숨을 쉰다
다듬어지지 않는 흔들림
향기 이리 진하다니

가슴이 닿는 자리마다
시리도록 반짝거리고
벤치에 버리고 온 시간들이
빚어놓은 풍경을 들고
주마등처럼 지나간다

4월은 기묘한 재주가 있지
텅 비어있는 무채색의 나무에
연두 물감 뿌리더니
형형색색 꽃 그려 놓기도 하지
시선이 머물고 열리는 곳마다
사진이고 작품이다
4월은.

얼룩

여름날 초록의 숲
하늘을 찌를 것 같다
마음속 일어나는 몸부림

하늘이 무슨 죄 있다고
여름 소낙비 철철 말아쥐고
비워라 그냥 확 비워라
쏟아내는 거리의 모습

어둠이 밀려오는 길가에서
풀지 못한 억울함
사람이 우는 거야
나무가 우는 거야
하늘이 우는 거야

지나며 지우지 못한 얼룩
삭이지 못하고 지우려고
너 나 할 것 없이
철철 울고 있다.

저미며 가고 오네

한별 더위 곰살끼면
줄줄 자발떨며 흘러내리는 땀
넌더리나도록 울어대는
매미 울음 사이로
살지락살지락 속마음 바람
더위를 씻어내다니
그냥이 아니네

조용히 젖어드는 물기
친구 그리워 찾아왔는지
섬돌에 오열하는 빗소리
그냥 지나가기 힘드네
속살 저미는 별리로
들려주며 가고 오는구나.

여름바람

여기저기 떠돌던 바람
서슬 퍼런 치맛자락
스르륵 올리더니
더위에 지친 노을 강으로 기어들듯
살을 부비네

이런이런 무례한 것
어느 여인 치마폭이라고
겁 없이 기어드나
보는 이 없다고
스리살짝 스치는 그 방자

언덕을 지나더니
계곡도 서슴없이
시원하게 부비고 다니며
일어났다 앉았다
치맛자락 삶의 굴곡에서
오르락내리락 익어간다.

어느새

어느 여름밤 창문으로
달빛 환한 미소 띠고
술 한 잔 들고 기어 들더니
바닥에 눌러앉아 같이 놀잔다

바람도 서늘한 안주 들고 와서
외로우세요 그대
살랑살랑 온몸 간질이며
밤을 쪽쪽 찢는다

이리뒹굴 저리뒹굴
취해 흔적 없던 맘
먼지 하나 일지않던 맘
적적하고 잠잠하더니
어느새 곤드레만드레
시인이 되어 있네.

봄이 내리면

눈 끝 먼 곳 아지랑이
아롱아롱 봄이 내리면
뜰엔 벌써 스멀스멀
봄기운 기어다니고
잉태한 생명 터트리는 진통의 환희
부풀어 가슴 터지는 소리
들판 상생의 기운
분홍빛으로 물들면
나간 마음이 들어온다

가고 오는 이치의 영롱함 잡았으니
이제 놓아야지
틀은 깨진다
자연 속 어우러진 바람결에
티끌 같은 모습
부끄러움으로 빨갛게 물든다.

야윈 삶

낡은 서랍을 열었다
인생은 오르는 것이 아니라
살아가는 곳이다
이렇게 쓰여있다

기억과 꿈은 서로 닮았고
놓치지 않기 위해서
반복해서 쫓아가야 한다
그렇게 끄적거려있다

떠나지 못하는 도시
영혼들이 떠도는 곳
도시는 변해도 기억은 흐른다
어느덧 뚜벅뚜벅 걷는 기억

세월 흘러도 마음은 여전히
신열을 앓고 새로움을 찾는다
삶을 덮어주는 중동의 초겨울
세월의 덮개 위로 이루지 못한
야윈 꿈들이 흐른다.

살아가는 길

하늘을 잡고 걷는다
살얼음 덮인 언덕을
온화한 눈빛을 걸고
텅 비운 가슴을 품고
함박꽃 입에 물고
갈지자걸음으로
어쩌자고 잉태한 볼록한 시
난산을 하며
아프고 저리고 고프다

그러나 오직 자신만 아는
대신해 줄 수 없는
난경의 바람 피할 수 없어
익어가며 간다

가끔 잘 익은 것들은
주섬주섬 시집도 보내고
버려야 할 것들이 보일 때는
가슴을 일깨우기도 하고
나누기도 하며 간다.

점드락

손안에 가득 들어있네
눈안에도 늘 잔잔히 흐르며
가슴으로 흐르는 물결
하루 내내 그리 할 일 없는지
손으로 눈으로 가슴으로
왜 이렇게 흔들고 다니는 거야
점드락

주섬주섬 모아서
공중에 던져 버렸는 데도
돌과 나무 구름
차가운 공기를 뚫고
수 없는 날 지나갔는 데도
가슴으로 또 오네

질긴 것
시집 와서 여직 붙어살다니
요망한 것 늙지도 않어
넉넉한 사랑.

새벽비

새벽녘 하늘의 눈물바람
이름 모를 새들의 수다
곤한 잠 적시었나 보다

창문 넘어 촉촉한 공기
머리맡을 맴돌고
빗물 몰아쳐가는 길 풍경
기묘한 생각의 바다

하늘 선물 쏟아지는 소리
구석길 야생화 목을 축이고
찌든 틈새 들풀 목욕하는 환희

하루 잠 깨운 맑은 빗소리
들리는 것들의 감사가
어둠을 통해 밝음 보는 일

파국이 손짓 해도 오고
폐허가 기다려도 가는
주고받는 소박하고 따뜻한

자연의 비창
우리도 그리 커 왔지

어서 일어나야겠다
그리고 자연 닮은
하루를 시작해야지.

가랑잎

눈 가리고 야옹하면 모를까봐
지고 나서도 소리를 낸다
몸은 가도 울림은 남듯이

사계절 늘 푸른
솔잎더러 고만 좀 뽐내라 한다
떡잎 시절 풋풋한 흔들림
자신을 잊은 체

바스락거리는 그 수다
초록바다의 찬란한 추억
노을에 묻는 소리

이 구석 저 구석 나뒹굴며
밟히어 부스러져서
필경 가야 하는 자리

바뀐 계절이 온다.

푸서리길*

푸서리길 걷노라니
꿈같고 허깨비 같은
접고 접은 회상
들풀 사이마다
꽃인 양 핀다

세월의 건반은
시렸던 계절들을 두드리고
화해하지 못한 추억들과
긴 악수를 한다

그림자도 없는 회상의 곡절
노을 속으로 내려앉으며
귀 끝 살짝 간질이는 말
지나간 것은 속절없이
그래도 그리운 것이여.

* 잡초가 무성하게 난 길.

바람이 쓰는 겨울

바다 앞에서
얼굴 어루만지고 가는 겨울
물새들의 몸짓 따라 가는 것인지
그냥 놀고 가는 것인지
물결 위에 춤추는 춤사위
바다에 겨울이라 글을 쓰는지
매섭고 짠맛이 싫어
찡그리며 진저리 치는 것인지

— 죽이고 싶어도 죽어지지 않는 출렁임
　　싫어도 늘 출렁이어야 하는 곡예
　　살아야 하기에 놀아야 하는 일상

겨울의 찬란한 혁명 위에
바람은 귀신처럼 휘몰아치며
눈 올듯 번지는 수상한 노을의 저편에서
해가 언 바다속으로 스미는 저녁 무렵
바람이 바람결 위에 쌓이며
지었다 허물었다 요동치듯
겨울바다의 전생은 허물어져 간다.

나오지 못한 말

시인의 가슴속에는
늘 쪼그리고 있는 것이 있다
바깥구경 한 번 못한
바람소리 한 번 듣지 못한
마르디 마른 언어들이
쥐 죽은 듯 숨어있다

외로운 그 고독 속에서
살아서 언제라도 나갈 듯
말을 들고 눈을 감지 못한다.

설원

시련과 역경의 붓으로
그려 놓은 자연의 화폭
무슨 사연 있었길래
여백의 물감 쏟아부었는가

번잡함 떨쳐낸 설원
백지의 풍경 앞에 고요가 친다
하늘마음 쏟아 놓은 자리
정지한 듯 보이지만
한 순간도 숨 멈추지 않아
하얀 숲은 사색의 바다

자신과 마주 서고
자연과 마주 서고
산과 마주 선 자리

어느 획을 쳐 내려갈까
시선이 열리는 곳마다
사진이고 작품이다.

수묵담채

사무치면 가슴 아플라
붓끝 먹물 화장을 하고
백설 위 회상을 토한다

세월은 흘러도
여전히 신열을 앓는 마음
휘여진 필력으로 난도질 하니
도망 간 수묵담채
그리움이어라

세속 인간사 보듬고
화선지에 숨어 핀 국화
인생은 오르는 것이 아니라
살아가는 곳이라 하네.

사나사의 가을

어지러운 바깥세상 잠시 접고서
산사 가을에 몸을 담그며
사나사 불전 손 모으니
초가을 바람결 서걱거리는 마음 잡아
모래톱 쓰다듬는 물결소리

텅 빈 산 홀로 지키듯 홀가분한 속뜰
꽃송이 부풀어 만개하듯
심폭 넓은 여백에 덕화가 핀다

무상의 화폭 속을 거닐며
마음은 이미 큰 산
산야 가득한 나무 향기로 보약을 지어
너도 주고 그도 주고픈 사색
꼬리를 물고 쏟아진다.

하늘정원

봄 온듯 엊그제인데
계절은 이미
또 다른 시간으로 달아난다

눈 시리도록 찬란한 신록
발길 디딜 곳 길인지 정원인지
시골집 어머니 손길 같은 품속
생활의 정원 속 깊이 내친 가슴

눈에 보이지 않는다고
손에 잡히지 않는다고
없다고 할 수 있을까

보이지 않는 것 바탕으로
보이는 것 있게 되고
들리지 않는 것 의지해서
들리는 소리 있으니

유정과 무정의 공간에 서서
하늘이 내린 정원 눈 던진다.

그림 속에서

눈에 보이지 않는 마음
보이도록 화폭 물들인다
색조의 유혹 물들지 않고
내면을 밝은 곳으로 드러내는 작업

그림 속에 음악과 춤이 있고
시가 꿈틀꿈틀 걸어나온다
예술의 색채 속에서
소리와 몸짓 전달하고 나누는 것
우주 의식과 연결되어
생명의 불꽃 활활 타오른다

창작의 열정으로
가슴 벅차오르지 않는다면
아무리 그럴듯한 화폭이라도
빈말이나 거짓말
그림의 떡.

제3부

고향 뜰

고향 뜰

씨앗이 움텄던 뜰
들숨날숨 쉬며 서있네
용서로. 안아주던 바람
어느 사이 다 허공이 되고
빈 웃음 쓸쓸한 터

쪼갠 시간 들고 서면
빈자리에 핀 풀잎
여전히 흔들며 반기고
기억은 바람을 닮아 흔적 없네
숱한 인연들이 다
그리 다녀 간 자리

주체할 수 없는 그리움
고향 뜰을 덮는다.

빗자루

고달픈 한 생이다
마른 줄기로 묶여서
한 올 한 올 엮어
탄탄하고 곱게 만들어질 때
그래도 무슨 일 할까
희망 있었는데
이름 하나 받아가지고 평생
더러운 자리 떨어진 자리
묶인 채 쓸고만 다니는가

어쩌다 아이들 손에 들리면
죽어라 마음 곤장 맡고
품삯 한 푼 받지 못하고
밥 한 술 얻어먹지 못하며
쓸고쓸고 서 있다

생명 있는 자리 쓸어주며
살아온 내력이 전부
어떤 사람 쓸고 닦다가
제일 먼저 깨쳤다는데

78 허공아! 너 다 가져

자리 하나 의지할 곳 없이
점점 닳아지는 길
외발로 영원히 서서
버려질 날 기다리다
갈 인생인가.

사색의 가을 길

울긋불긋 치장한 자연의 잔치
맨발의 터질듯한 서정
간곡한 마지막이 그려져 있다

사색의 바다에 요동치는 심장
바스락바스락 발은 가을 건반을 치고
홍시가 배시시 웃는 길

오색으로 반기는 아우성
미처 듣지 못해도
호젓이 둘러보면 품에 안기는
잘 익어버린 계절

지나가던 새도 졸만큼
조용한 가을길에서
타오르는 황혼 기댈 곳
세월 흘러가는 자리
곱게 물들어가는 닮은 꼴
다 놓고 가는 무상의 길.

달빛

풀숲에 숨어있는 숨결
어둠의 깊이에 우는 소리
달래며 따라갑니다

은은한 힘으로 구석구석
감싸 안아주는 둥근 힘
허락 없이 따라나서는 나그네
마다하지 않는다

눈을 들어 물어보니
가슴을 쓸어내리는 미소
어둠을 감싸안고 가는 달빛
하찮음과 무거움
품어주는 따뜻한 너그러움
물 흐르듯 놓으라 한다.

덩어리

크고 자질구레한 것들
어두운 오목한 곳에 모여있었지
때론 쿵 내려앉기도 하고
가끔 후려치는 날
곡선이 안겨준 잔걸음에
손수건은 흥건히 젖었지

꼭지에 이팝꽃 피더니
어느새 녹아내린 움큼
바다로 출렁이고
기억으로 흔들리며
부서지고 짓이겨져
천천히 멈추어 선 여백
이렇게 말하네

다 그런거야 인생은
굴곡진 날도 있고 고소한 때도 있지
그냥 지나가는 것이 아니야.

노을 앞에서

가는 해 붙들고
도란도란 이야기한다
일 년이 빚은 풍경
넘겨보는 사진첩 속에서
저도 나도 환하게 웃으며
골패인 이마 쓸게 한다

슬픔 주고 간 것도 그립다 오고
기쁨 주고 간 것도 시리게 온다

새해 새날 새기쁨
새 자 줄줄이 달고서
세월 줄기 하나라도
인연 끈 한 줄이라도
함부로 하지말고
깊은 강이 되자 한다.

툇마루

고향집 툇마루 언저리
지금도 소리는 맴돌고
노란개나리 울타리는 춤추는 데
지천에 널려있던 정은 갔네

사랑이 만들어 놓은 애수
시를 쓰는 그녀, 잊을 수 없는 삶
덮개를 열고 마음속 서랍을 여니
차오르는 물기 가슴 적시네

그대들 어디에 계신들
포근한 품속 잊을 수 없으리
빙긋이 웃음 짓는 동생
고향집에 옛 얼굴

퍼다 주시던 동치미 맛
생전 모습 어울어져
안아주던 그 자리에 걸쳐 앉으니
치마폭 가득 달려드는 소리
아가! 보고파 왔냐.

흔적들이

그리운 고샅길 들어서니
담장 위 나팔꽃
그냥 설레 벌레 춤을 춘다

안아주던 님들 다 갔는 데
담에 박힌 흔적 東古道人
세월 속 비바람 맞으며 기다린 듯

사랑방 마루에 앉은 햇살
따스했던 예닐곱살 때 그대로
곰곰이 생각에 빠져있네
옛 생각나는 거지
주르르 흐르며 춤추는 것들

고운 기억 끌어안고
웃고 서있는 살붙이
누이야 왔어
어린 시절 눈웃음으로
서 있는 흔적
바로 고향이구나.

부스러기

삶의 편린들
살아온 흔적입니다
네모 세모진 틀로 가끔
콕콕 찌르는 것들

여적 살아온 이야기
결 좋게 옆에 있던 때
벌써 잊었는지
세월이 그렇게 만들었는지
세파가 그리 가르쳤는지
한숨에도 날라가기도 하고
지저분하게 주위에 퍼져
너그럽게 포옹만 해 달라고
이곳 저곳 달라붙어 털게도 한다

물끄러미 바라보며
이것들아
부스러기도 뭉쳐지면
멋진 작품 되는거야.

누름돌

어린 시절 집 앞마당에는
반질반질 윤나는 돌
장독대를 지키고 있었지

겨울농사 소금절인 우거지도
쌀겨 소금 버무린 꼬들꼬들 말린 무
누름돌에 꾹 눌리면
추운 겨울 먹는
한 집안 밑반찬 되었지

희생과 사랑으로 아픈 시절 견디며
자신을 누르며 참아내던
한 가정 밑반찬 같았던 어른들

이제 그 대문에 들어선 돌
묵은지 짠지 동치미
심사를 꼭 눌러주어 맛을 내는
누름돌 되야겠지
한 가정에 부는 시끄러운 바탕
꼭 눌러주는 돌.

쟁기질

여행의 먼 끝자락
쟁기질로 넓은 밭을 일구는 일꾼
이랴킬킬 주인의 음성따라
힘든 인생이 걸어간다

운명에 끄달려 가지 않는 것 있던가
삶이 준 극복해야 할 과제
감당하며 가야 하겠지
힘든 형벌이 지나간다

걸리적거림 많은
땅 일구며 가는 인생
가시 많은 줄기를 감당하는 팔자
상처 많은 한 생 이야기이지

타인의 기준과 시선 끌리지 않고
살아가야 할 주어진 삶
골라주고 다스려 주었다고
누가 도왔다 말했는가

시간은 흘러가는 데
인생이란 이렇게 쟁기질 하며
흐르는 물처럼 잠시 머물렀다
풀어주며 가는 것인 것을.

늦은 봄 햇살

오전 내내 베란다에 머문다
말려야 할 참깨에도 머물러주고
빨랫줄에 널브러진 옷가지에도
막 피어나려 한 함박꽃 벙그러니
입 벌리게 한다

느린 음악 속에 차 한 잔 마시며
그림자 조차도 없이 퍼질러
뜨거운 이야기 주고받는다
어느 사이 빈 잔이다

웅크리고 있었던 마음
내팽겨진 채 어디에 있더라
눈 녹듯 녹아내려 그저 무심으로
햇살 닮은 환희로 찾아든다

슬슬 발효하기 시작해서
술도 되고 식혜도 되고
하루라도 못보면 안될 것 같이
새콤달콤 하루 삶을 취하게 한다

다 잊혀져라 슬슬 눈꺼풀도 내려주고
녹녹하게 따스한 이불도 돼 주며
자취도 없는 것이 녹여주네.

옴팡집

오래 살라고
탯줄 입으로 끊어주던 인연
살던 조그만 초가집

푸근한 쌈할머니 살던
방 한 칸 부엌 한 칸
똥항 한 칸 냄새나던 집

인민군 들어온다 사이렌 불고
나팔소리 요란하면
등짐으로 업혀 피난 가던 집
가지랭이 찢어지게
가난하여 빨갱이도
들어오지 않던 집

구린내 향긋이 그리운 나이
땀내 나던 등짝 업히고 싶은
외로움 군내 나는 날
옴팡집 쌈할머니가 부른다
아가! 업혀 그립지.

애간장

어쩌다 은하수 같은 삶의 끝자락
녹아내리는 가슴 풀어놓고 있을까
불이 훅 올라와 타는 소리
자식 걱정의 난타 연주

녹록치 않는 시린 자리
오직 흔들리는 마음
내주는 것은
메모리 속에 지우개처럼
지울 수 없는 분신 위해
목구멍 뜨거워지는 사무친 기도
오진이라 하소서

쇠도 풀무의 두두림을 받아야
한 물건 된다 하더니
어미도 타 들어가는
애간장 질펀한 길
걸어야 하던가.

다들 어디 간거

수수한 옛 사연 들고
숲길 따라 걸으며
마음속 서랍 열으니
생각 나는 소소한 이야기

대추꽃 눈물 만들던 할머니
만 리의 정 주시던 아버지
애싹 상추 소쿠리채 안기던 엄마
꿈같고 허깨비 같은 삶
귀를 열고 나니
처처해진 녹음만 흔들리네

야윈 생각을 덮으며
추억과 악수하고 눈 감으니
허기진 그리움 찾아와
차곡차곡 안긴다.

유리꽃

문득 어머니 얼굴이 보인다
오월 길섶 모퉁이에 핀 꽃
볼언저리 연분홍이던
울 엄마 닮은 꽃

진분홍 입술연지 바르고
발그레 볼이던 어머니
고운 눈매 매혹적이던 그날
당신, 쥐 잡아먹었나
치맛자락 확 잡으시고
끌어안으시며 눈웃음치시던
울 아버지 사랑

어느 날 5월 하얀 옥양목 적삼
환하게 핀 유리꽃 브로치 꼽고
활짝 웃으시던 어머니
5월의 유리꽃 되어
지금도 곁에 피어 있네.

흐르는 물 같이

언저리 낙숫물
모여모여 강을 이루면
마음 벽을 뚫는다

약한 것이 모여 강한 것을
어르고 달래는 소리가
가슴을 챙기는 시간

바삭한 하늘 아래
발 담그니 개울물 경쾌한 수다
거쳐야 할 인간사를 늘어놓는다

넓어졌다 좁아졌다
막혔다가 뚝 떨어져도
늘 한결같이 아래를 향하는 삶
너도 그와 같아야 하리 한다

보이지도 만질 수도 없지만
흘러간 물에서는 향기가 핀다
다습게 비우는 향내가 난다.

두 발 사랑

담요 한 장을 깔고
여기 앉아봐
자전거 뒤도 못 타던 여자는
허리춤 꽉 휘어잡고
무거운 몸 의지한다

쌀 한 가마니 실은 듯
휘청휘청 내려앉을 듯
지그재그 춤을 추며
잘도 달린다

피고 진 세월 고스란히
의지하며 가는 인생같이
떨어질 듯 내박칠 듯
오르막내리막 길
아슬아슬 달리며
목적지로 달리는
푸근포근한
두 발 사랑.

분리 수거

정을 노래하고
외로움과 즐거움도 그려져 어울린
낙서투성이 버려질 종이

속 텅 비운 깡통 위에 걸쳐 앉아
또 다를 미래를 기다린다
먹다 남은 눈물 안고 누운
유리병 하나가 친구되어

모여진 그 자리
이리저리 헤쳐가는
제대로 갖추어진 삶 없는
인생과 똑같다

코 풀듯 확 한 번 닦이고
버려져 쪼그리며 살다
제자리 찾지못해
이 골목 저 골목 추위에 떨다
망가진 채 발견된 수거물들

마음에 걸쳐진
분리하여야 할 것들
걸치고 우왕좌왕하는 인생
오늘도 뒤적뒤적 가려 찾아서
제 자리에 버리면서
인생을 생각한다.

딱지

상처의 깊이에 새살 돋는 날
장맛비에 풀려 떠내려가듯
꽃잎같이 날리는 딱지
흔적은 가고 울림만 남는다

채 굳기도 전에
새살 돋기도 전에 이내
억지로 잊으려 했던
버리기 힘들었던 기억들

한구석 돌부리 같이 남은
그대여 그리운 그대
수런거리며 떨어지는
자욱 보이는지요.

제 4 부

꽃송이

꽃송이

하늘이 선물한 무수한 송이
그중 소중한 한 송이
무슨 인연으로
뚝 떨어져 애간장 녹이나
"할머니 100살까지 살아 응"
그러고말고 암 그래야지
가슴으로 우는 꽃송이
마음을 솔솔 빚어주며
아가 너는 우리집
소중한 꿈나무야
곱게 자라야지.

꽃다지

맨 처음 열린 열매
앙증맞은 쪼그만 고것
땅기운에 자생하는 풀 틈새 앉아
선한 기운 의지하고 무슨 꿈 꿀까

그리운 정 잘도 참고
일궈내는 풀꽃 같은 미소
무관심 속에서도 함초롬히 열리어
피가 되고 살이 되는 꽃 피움

허기져 있는 사랑
되찾게 해 주는 꽃다지
허공을 더듬으며 편지를 쓰네
저 잘 크고 있어요 하고
사랑의 손길 흐르고 있다.

꽃길

가슴에 가득 담긴
사랑을 안고 정 따라간다
살아가는 향기 자욱한 꽃길
살과 살이 닿는 모정
꼬꼬꼬 꼬옥 부르는 소리

삐약삐약 삐~악 대답하며
엄마 따라가는 길
꽃의 가슴에도 있는 길
애들아 천천히 가
다치지 않고 가야지.

꽃밭

어느 날 찾아왔네
소식도 없이 꽃일 줄이야
큰 송이 또 한 송이 옆에 놓고도
예쁘게 키워주세요
눈웃음치며 중얼거리더니
품에 기어들어온 꽃
물도 주고 거름도 주고
가슴으로 키운 정
어연 12년

꽃밭으로 물들이는 터
하늘이 준 선물
외로움과 적적함
덜어주는 꽃밭에서
어느 날
벌 나비 날아드는 날
놓아주리라.

꽃불

책가방 메고 달려온 손녀
할머니 우리 아파트 불붙었어요
온 전체가 불바다예요
꽃분홍 불이예요
꽃불 머리에 이고
수선 떠는 꽃

집 뜰에 불 붙은들
우리 집에 꽃 한 송이
웃으며 불붙은 호들갑
저 불 끄기 힘들겠네.

꽃그늘

심연을 꺼내 들고
채우지 못한 사랑
일일이 넘기면서
먼 하늘 바라보면서
흥얼거리는 소리

감아도 보이고
막아도 들리는 듯
할미 가슴 멍울진다

꽃그늘 속에 핀
고운 꽃송이
부디 향기로 세상을
곱게곱게 물 들이렴.

꽃에게 넘긴 세월

모래밭에서 논다
두꺼비집 손등에 얹고
두껍아 두껍아 헌 집 줄게 새집 다오
맑은 소리가
창공을 헤집고 춤을 춘다

사금파리 살림도 장만하고
너는 아빠 나는 엄마
우리는 사랑받기 위해 태어난 사람
노래하며 살림을 꾸려간다

넘겨준 세월들이
새롭게 둥지를 틀려고 준비를 한다
고해라고 말해 주기엔
너무 맑고 고은 남은 세월

가을 맑은 하늘 아래
옹기종기 정을 쌓으며 논다
꽃송이 인생이 이렇게 그려진다.

꽃송이의 부탁

하루 일과가 끝나고
펴 놓은 이부자리 위에
나란히 놓여있는 베개
하나는 너구리, 또 하나는 곰
너구리가 말한다
난 눈물이 날 때가 있어
곰이 물어본다, 언제인데
곰이 하늘나라에 가는 것
생각하면 눈물이 막 나

오고 싶어 온 것도
가고 싶어 가는 것도 아니고
또 몇 살에 간다는 기약도 없는데
다만 갈 때 되면 가는 것인데
너구리 혼자 놓고 가지마라고
목을 껴안고 신신 당부한다
그래 걱정 마 팔십까지는 꼭 살 거야
아니야 아니야 백 살까지 살아
곰탱이는 돌아눕는다
눈물 때문에.

꽃 이야기

어느 사이 곱게 핀 우리 집 꽃송이
키도 크고 생각도 훌쩍 커버린 고운 꽃
어른 말 잘 들으면
자다가도 떡이 떨어진단 말에
활짝 웃으며
으음 경험이 떨어진다는 말이겠지
깜짝 놀라게 하는 그 말

하루가 다르게 저물어가는
의지처에게
그냥 그러려니 하세요
기가 차서 입 못다무는 데

저 꽃송이 무슨 꽃 될까
문득문득 꽃송이 들여다보며
이제 니 세상이구나
곱게 자라야지.

꽃이 주는 선물

할마 100세까지 살아
밥도 먹여주고 손도 잡고 다닐게
내 방에 예쁜 커튼 걸어 주워 야지
대학도 가고
애기 낳는 것도 보아줄거지
나 효녀 될게
다른 아이들 보다 난 생각이 깊어
벌써 가을바람이 가슴을 만지는지
이불 덮어주는 목을 껴안으며
목메게 하는 말

기억이 자꾸 멀어지는 할마는
알았어 알고말고
다 젖은 얼굴을 이불에 묻고
오래 살게 해 주세요
다 내려놓고 살다 가겠습니다.

꽃 수놓은 길

꽃잎 하나 손 내젓듯
마음 만지며 떨어집니다
무섭게 얽히는 향기
상처로 젖는 가슴 상처

먼지가 돼버린 꽃잎
만질 수 없어도 느껴지는
꽃길에 누운 가득한 설음

어릴 적 할머니가 장때질 하며
털어내던 대추꽃도 생각 나서
자꾸 가슴에 허기가 진다

찬바람 가끔 치근대며
굽이치는 꽃살로
오면 가야지 넌지시 달래준다

어느새 다른 계절로 가는
꽃 수놓은 길에는
꽃잎 나뒹굴며 운다.

꽃의 말

꽃은 너무도 쉬운 일이었다
굳이 맹세하지 않았고
침 튀어가며 자랑하지 않아도
때가 되어 피고 지는 일

꽃 같이 죽었다 다시 피지 못하는
꽃이 되어 있다면
얼마나 슬픈 일인가
그래서 자연은 영원한 스승

꽃이 말한다
더 바라지 말아요
그냥 소리 없이 피여서 사랑할게요
눈을 감고 기다려 주세요
당신의 삶 될 거예요

예쁘게 피어가고 있고나
그래야지 그러고말고
그냥 웃는다
꽃의 말이 들리는가 보다.

꽃 지던 날

계절 따라 환생하는
꽃의 방황을 볼 수 있던가
봄볕 따라와 방긋이 피어나던 빛
소슬바람에 떨어져 정처 없이
이리 갈까 저리 갈까
어느 빗물에 고개 처박고
상처 입은 꽃잎의 눈
들리지 않는 비명

가슴앓이 하며 커가는 꽃
안쓰러워지는 가슴
그것은 사랑
남겨놓은 여린 꽃송이
쓰다듬으며
추위에 떨어지지 않게
비바람 막아주리라.

꽃자리에 서서

꽃 있는 자리
어느새 꽃눈이 휘날린다
한 세상 잠깐 왔다
몽유도원 길 만들더니
눈길로 노래하고
향기 듣게 해주며
시로 눈 감게 한다

기억 기대버린
순간의 꽃자리에 서서
팔딱거리는 아린 가슴

너그러움으로 날개를 치고
따스함으로 품어안았던
바보스러움 놓고
지는 거기에 서서
갈 길을 본다.

꽃이 본 하늘

꽃과 나
하늘과 가을
파란 강물을 이고
바람을 업고 간다

피워내기 힘겨워하는
꽃을 가만히 드려다 보며
너는 도대체 누구냐
배시시 웃는 것이
영락없는 진꽃 닮은 꽃

맑은 눈으로 묻는다
하늘이 파란 강물 같이 예뻐
거기에 엄마가 왜 있어

할 말이 끊어진 자리
흐르고흐르고 흘러
하늘 보이지 않는다.

현실적 자아로부터의 상승

현실적 자아로부터의 상승

— 인천 임선영 시집 『허공아! 너 다 가져』

조 의 홍
(시인. 문학박사. 한국시인협회 상임위원)

생애의 만상은 이승의 빛 혹은 어둠 속에 존재된다. 그것은 그리 길지도 짧지도 않은 현실 속에서 빛나며 찬연하게 떠 있기도 혹은 바람에 불리어 다니기도 한다. 그러므로 실존은 스스로가 감당해 내기가 어렵기도 하지만 사람은 이러한 현실을 곧잘 감당해 내며 스스로가 이끌어 가기도 한다.

임선영 시인은 이러한 보편된 사람의 생애를 기쁨과 슬픔 그리고 자아의 견고한 인식성으로 이끌어 가고 있다. 그것은 면면이 직조되어 있는 풍성하고 화려한 그의 시편들의 행간 속에서 찬연해 있다. 시인은 이러한 삶의 행보에 안락되며 범상된 현실성에서 벗어나려는 의지성을 전개시키고 있다. 그것은 고난한 현실을 수용하기도 하며 또 상승시키려는 다분히 자아의 수련적 현실성에서 출발되고 있다. 아름답고 긍정된 현실의 삶 속에서나 혹은 상처받고 부정된 현실의 삶 속에서도 자아로부터 상승하려는 인식을 진술시키고 있다.

1

사람의 현실은 그리 행복하지도 않으며 또 그리 불행하지도 않다고 한다. 현실의 생애란 어느 쪽인지 확신하기가 어렵다는 말이다. 허나 바꾸어 보면 사람의 생애란 행복하기도 하지만 또 불행하기도 하다는 현실이 성립된다. 두 인식에서 편협된 의지는 찾기가 어렵다는 일이다. 이렇게 양분된 현실에서 빛나게 인식되는 행복 혹은 어둡게 인식되는 현실의 편린들은 언제나 존재되고 있다. 진술은 행복된 인식 속에서 자아의 기억들을 되찾으며 이를 곱게 다듬어 상승시키는 의지를 보인다.

서리도록 반짝 거리고
벤치에 버리고 온 시간들이

빚어놓은 풍경을 들고
                    - 「4월은」 일부

낡은 서랍을 열었다
인생은 오르는 것이 아니라
살아가는 곳이다
이렇게 쓰여 있다

기억과 꿈은 서로 닮았고
놓치지 않기 위해서
                    - 「야윈 삶」 일부

　　진술은 현실 삶의 '인생'을 '풍경'으로 인식
시킨다. 풍경은 객관성을 가진다. 그러므로 '시
리도록 반짝'거리는 현실의 삶을 조금은 진실화
시키고 있다. 이러한 일은 삶을 되돌아보아야
가능해진다. 그것은 '낡은 서랍'을 열듯 비밀스
럽게 감추어 둔 삶의 과거들을 되돌아보는 일
이기 때문이다. 별처럼 반짝이는 현실의 아름다
움을 꺼내어 보았을 때 어쩌면 그것은 새롭게
다듬어야 될 현실로 보관되어 있을지 모른다.
'살아가는 곳'으로 인식시키는 삶의 실체로 나
타나 있다. 그러므로 시인의 현실은 긍정적이며
아름다움에 있다. 자연의 빛처럼 순화된 질서는

이를 현실화시키고 있다. '기억'과 '꿈'의 실체를 귀중하게 수용하면서 주어진 생애 현실을 다듬는 의지를 인식시키고 있다.

호젓이 비치는 길 따라갑니다.
은은한 힘으로 구석구석
감싸 안아주는 둥근 힘

풀숲에 숨어있는
은은한 어둠의 깊이에 젖어
안을 들여다보며 걷는다

온갖 추악한 언어의 난동
고여 있는 지독한 냄새들
해방시키며 호젓이 젖는 길

심연의 언어
수런수런 눈으로 이야기하니
　　　　　　　－「달빛 따라 걸으며」일부

'달빛'에 젖는 일은 대부분 혼자가 되었을 때 인식된다. 혼자의 현실은 고독하지만 진실된다. 그러므로 세상을 비추는 달빛은 어둠 속의 진실된 힘이다. 그것은 달빛을 따라 걷는 일이 진실의 현실을 찾아 동행되는 현실이 된다. 달빛은 강한 긍정성으로 시인은 달빛의 실체성을 통하여 자아를 수신시킴으로 정진되어 가고 있다.

'은은한 어둠의 깊이에' 젖는 일은 어둠 속에서 만재되어 있는 달빛의 수용이다. 그리하여 '안을 들여다' 보는 인식을 가진다. 그리고 '걷는다'의 현실은 안주하지 않으며 수신하려는 자아의 의지이다. '심연의 언어'를 '눈으로 이야기'하는 현실은 마음에 쌓아둔 온갖 번뇌를 달빛 속에서 귀가 아닌 '눈'으로 이야기 함이다. 어둠 속의 은은해 있는 심연의 세상이 밝아져 자아의 물아가 선명해지고 있다.

여름날 초록의 숲
하늘을 찌를 것 같다
마음속 일어나는 몸부림

〈중략〉

어둠이 밀려오는 길가에서
풀지 못한 억울함
사람이 우는 거야
나무가 우는 거야

하늘이 우는 거야
　　　　　　－「얼룩」일부

　무성한 초록의 에너지인 강열한 여름의 한
시절이 '마음속 몸부림'으로 환치되어 있다. 그
것은 '하늘을 찌를 것' 같은 여름의 힘 속에서
억제되었던 자아의 몸부림이다. '풀지 못한 억
울함'으로 울고 있는 현실에서 인식되고 있다.
그리하여 억울함의 인식성은 '나무'와 '하늘'이
함께 울어 줌으로 몸부림으로부터 벗어날 수
있는 현실이 성립되고 있다. 우는 것은 곧 정화
를 인식시키는 본원이 되어 있다. 현실의 억울
함에서 자아를 정화시켜 내는 일이다.

2

푸서리길 걷노라니
꿈같고 허깨비 같은
접고 접은 회상
들풀 사이마다
꽃인 양 핀다

세월의 건반은

시렸던 계절들을 두드리고
화해하지 못한 추억들과
긴 악수를 한다

그림자도 없는 회상의 곡절
노을 속으로 내려앉으며
귀 끝 살짝 간질이는 말
지나간 것은 속절없이
그래도 그리운 것이여
　　　　－「푸서리길」 전문

　사람의 생애란 기쁨으로만 존재되지 않는다.
오히려 괴롭고 슬픈 현실이 많다고 인식된다.
사람 삶의 현실을 속절없는 그리움으로 인식시
키며 '푸서리 길' 같은 잡초가 무성한 삶의 현
실을 걸으며 이를 정화시킨다. 그리고 현실을
'꿈같고 허깨비 같은' 실체로 소유시키고 있지
만 이를 접고 들풀의 현실에서 '꽃'으로 피워
올린다. '시렸던 계절' '화해하지 못한 추억'과
'악수'하며 이를 정화하는 의지력을 가진다. 현
실의 삶이 고난스러워도 '그래도 그리운 것'의
삶으로 소유시키고 있다.

　가끔 가다 하늘을 보면

보고도 못본 척 그냥 한가롭다
유유한 구름 한 순간 적멸
스치는 시원한 칼바람
판을 녹이는 몽유도원

삶의 밧줄을 하늘에 걸고
살얼음 같은 길을
조심조심 걸어서 간다
                    ─「살얼음」일부

　'한 순간 적멸'은 자연이 일으키는 사람의 현
실을 알리는 서신이기도 하다. 자연은 사람 삶
의 진실을 숨김없이 풍자해 낸다. 그리하여 마
치 '몽유도원'의 안락한 현실을 소유하듯 바람
과 물과 빛들이 일으키는 잔치가 되기도 한다.
사람의 고난한 삶을 가리는 몽유의 현실로 잠
재우고 있다. 허나 진술은 사람 삶의 현실을 깨
닫고 있다. '삶의 밧줄을 하늘에 걸고'에서 삶
의 치열성에 닿아 하늘에 저항하고 있음을 인
식시키고 있다. 꿈같고 아름다운 자연의 실체
속에서 꿈꾸지 않으며 진실된 삶의 밧줄을 잡
는 깨달음의 역경을 찾을 수 있다.

　들엔 벌써 스멀스멀

봄기운 기어 다니고
잉태한 생명 터트리는 진통의 환희
부풀어 가슴 터지는 소리
들판 상생의 기운
분홍빛으로 물들면
나간 마음이 들어온다
                    ─「봄이 내리면」 일부

　자연이 베푸는 아름다운 삶의 진실을 위해서
는 고난스러운 현실을 넘어야 한다. '봄'이 나
타내는 생명의 탄생이 이러한 현실을 담아내고
있다. '잉태한 생명'의 '환희'는 삶의 아름다움
을 예찬한다. 생명이 일으킬 비극적 삶의 현실
은 배제되어 있다. 다만 생명의 기쁨, 연락의
즐거움을 위해 '진통'의 현실 터널을 지나고 있
다. 그러므로 '분홍빛'의 현실을 가지게 된다.

3

　진술은 수난의 의지로 사람 삶의 현실에 대
한 아름다움과 상처의 현실성을 인식시킨다. 이
러한 조명은 삶의 수신을 보다 구체적이며 확
고한 현실성으로 소유할 수 있기 때문이다.

현실의 인식 의지는 아름다움과 상처의 이원
론적 실체가 되어 있다. 사람 삶이란 대부분 이
두 가지 등식에서 벗어날 수 없기 때문이다. 일
생이란 이 두 인식성에서 기뻐하여 고뇌하며
존재된다. 시인은 이런 두 가지 현실을 순종하
며 또 성실히 소유하고 있다.

　　시련과 역경의 붓으로
　　그려놓은 자연의 화폭
　　무슨 사연 있었길래
　　여백의 물감 쏟아부었는가

　　번잡함 떨쳐낸 설원
　　백지의 풍경 앞에 고요가 친다
　　하늘마음 쏟아놓은 자리
　　정지한 듯 보이지만
　　한 순간도 숨 멈추지 않아
　　하얀 숲은 사색의 바다

　　자신과 마주 서고
　　자연과 마주 서고
　　산과 마주 선 자리
　　　　　　－「설원」 일부

'설원'은 눈 덮힌 벌판이다. 흰 눈이 덮이면 세상에 표현되던 모든 인식이 사라진다. 그리고 용서된다. 눈은 겨울의 잔재인 마른풀과 죽음과 같은 벌판을 흰 눈으로 덮어 사람들에게 고통의 인식성에서 잠시 쉼을 얻게 해 준다. 그리하여 맑은 세상으로 삶의 번뇌에서 해방시킨다. 이 일은 '자연의 화폭', '여백의 물감'으로 표현하며 순백의 해방감으로 고조시킨다. 그리하여 '하얀 숲은 사색의 바다'로 인식된다. 숲은 바다가 아니다. 그러나 사념의 인식은 그 현실을 넘어 '사색의' 거대한 소유로 확신시키고 있다. 그리하여 '자신과 마주서고', '자연과 마주 서고', '산과 마주 선 자리'를 만든다. 머뭇거리거나 미정시키는 현실이 아니다. 절대적이며 순백된 눈과 같은 자아의 현실을 확신시키는 일이다.

　　울긋불긋 치장한 자연의 잔치
　　맨발의 터질듯한 서정
　　간곡한 마지막이 그려져 있다

　　사색의 바다에 요동치는 심장
　　바스락바스락 발은 가을 건반을 치고
　　터질듯한 홍시가 배시시 웃는 길
　　　　　　　－「사색의 가을 길」일부

풀숲에 숨어있는 숨결
어둠의 깊이에 우는 소리
달래며 따라갑니다

은은한 힘으로 구석구석
감싸 안아주는 둥근 힘
허락 없이 따라나서는 나그네
　　　　　　　－「달빛」 일부

　자연에서 사색의 실체성들은 들추어내고 있
다. '사색의 바다에 요동치는 심장'은 '울긋불
긋'한 '자연의 잔치'에서 기인되고 있다. 자연의
잔치는 베풀어 내는 시공의 현실성이다. 자연은
거대한 생명의 근원으로 사람 또한 사색의 현
실로 인식되기도 한다. 잔치는 기쁨과 즐거움의
소란스러움이다. 슬픔은 없으며 고민과 우려도
없다. 생명이 있는 동안은 사람도 자연의 현실
속에서 계절의 성장과 함께 존재한다. 꽃이 피
듯 사람의 생명이 피어나며 꽃이 지듯 사람의
생명도 사라진다. 이 일은 슬픔이라기보다 자연
의 질서이며 '요동치는', '사색의 바다' 이기도
하다. 진술은 '은은한', '둥근 힘으로', '감싸 안
아주는' 현실로 자연을 인식시킨다. 둥근 힘은
자연이 주는 에너지로 존재의 긍정 현실을 인

식시키는 일이다. 그리하여 '나그네'처럼 자연이
베푸는 에너지 숲을 전전하는 자아를 대유시키
고 있다.

> 상처의 깊이에 새살 돋는 날
> 장맛비에 풀려 떠 내려가듯
> 꽃잎 같이 날리는 딱지
>
> 채 굳기도 전에
> 새살 돋기도 전에 이내
> 억지로 잊으려 했던
> 버리기 힘들었던 기억들
>
> 한구석 돌부리 같이 남은
> 그대여 그리운 그대
> 수런거리며 떨어지는
> 자욱 보이는 지요
>
> — 「딱지」 전문

　삶의 현실은 상처를 소유하게 된다. 그러나
상처는 극복해야 하는 실체성이다. 전개시킨 전
문의 상처 대상은 '그리운 그대'로 인식시키고
있다. 종결에서 그대에게 전한다. '수런거리며
떨어지는／자욱 보이는지요', '자욱'은 과거 존

재되었던 그대와의 흔적이다. 그러나 지금은 상처로 남아 있다. 그리하여 그것으로부터 멀어지려고 하지만 '수런거리며' 존재되고 있다. 그러나 의지는 '꽃잎 같이 날리는 딱지'로 아픔으로 날린다. 허나 날리는 딱지가 아직 '꽃잎'이 되어 있음은 보내는 상처에 대한 아쉬움이 간절해 있다.

4

눈에 보이지 않는다고
손에 잡히지 않는다고
없다고 할 수 있을까

보이지 않는 것 바람으로
보이는 것 있게 되고
들리지 않는 것 의지해서
들리는 소리 있으니

유정과 무정의 공간에 서서
하늘이 내린 정원 눈 던진다
　　　　　－「하늘정원」일부

상처에 대한 별리가 성립되어 가고 있다. 그
것은 '보이지 않는다고/잡히지 않는다고 없다
고 할 수 있을까' 자문하는 의지에서 확연해 있
다. 자아의 상처는 감지 못하며 상황을 현실화
시킬 수 없다. 이렇듯 보이지 않는다고, 들리지
않는다고 상처는 떠나지 않는다. 오히려 더욱
선명하게 현실에 존재하게 된다. 허나 진술은
이를 벗어나고 있다. 그것은 '유정과 무정의 공
간'에 존재되어 있음에 있다. 있음과 없음에서
자유 될 수 있음은 상처를 떠나 있음이다. 그것
은 '정원'을 소유해 있음이며 정원은 '하늘이
내린' 실체성으로 존재된다. 하늘은 절대적 소
유성으로 있다.

　　겨울이 놀다 간 자리
　　추운 상처 위로 시방 봄이 내린다

　　산처럼 서서 울던 나목
　　기댈 곳 없던 외로움
　　눈을 뜬다

　　〈중략〉

　　보내야 할 것과

내주어야 할 생채기들
이제 가야지
구시렁거리며
햇살이 자꾸 더듬는다
　　　　　 － 「치유」 일부

　상처가 치유되고 있다. 그러나 그것은 '겨울
이 놀다 간 자리'이다. '겨울'은 삶의 혹독한 생
채기다. 허나 현실은 그 위로 '봄이' 내리고 있
다. 봄은 생명이며 재생이며 또한 미래에 대한
희망을 가진다. 봄은 겨울을 보냄으로 다가오는
진리이기도 하다.

요사이 하늘은
파란 음성으로 따라다니며
내 말 듣고 가야지
온종일 흰구름 손잡고
마음을 휘젓는다

입도 없으면서
향기도 없으면서
그저 눈 속으로 들어와
넓은 평온한 품을 잡고
바다보다 더 파란

맑은 모습을 주체 못하면서
그렁저렁 싱겁게
줄줄 법문 실을 뽑아낸다

〈중략〉

생은 무량겁이라고
죄를 짓지 못하게 한다
칼을 갈지 못하게 한다
　　　　　　－「하늘이 들려주는 이야기」 일부

　소유 인식은 '하늘'에 닿아 있다. 하늘은 이
승의 삶이 존재되지 않는 무아의 세상이다. 그
러나 사람은 결국 하늘에 닿게 된다는 믿음과
바램이 있다. 현실에서 이 일을 수용하려면 삶
의 소란스러움에서 벗어나야 된다. 진술되는
'파란 음성'은 하늘의 본체 성이다. 그리하여
그 음성 속에는 얻고자 하는 영혼의 자유스러
움을 소유함으로 성취시키고자 한다. '온종일
흰구름 손잡고 / 마음을 휘젓는다', '흰 구름'은
하늘의 실체성이다. 무아의 존재 혹은 깨달음의
현실로 얻어진다. '휘젓는' '마음'은 소란이 아
닌 비움의 과정이다. 그리하여 이를 배경으로
새롭게 얻어지는 자아에 이른다. '생의 무량겁',

'죄를 짓지 못하며, 칼을 갈지 못하는' 세상을 맞이하게 된다. 타인에 대한 철저한 자아 단속과 무량겁의 삶의 진실을 깨달음에 이르고 있다.

> 복잡한 것보다는 단순에서
> 살뜰해 질 수 있듯이
> 눈을 감고 침묵 속에
> 자신을 턱 내려놓으면
>
> 보지 않아도 좋은 것은 보이고
> 듣지 않아도 될 소리는 듣지 않고
> 말하지 않아도 될 말은 삼킨다
>
> 〈중략〉
>
> 보다 부족한 것들이
> 보다 풍족한 것을 안기더이다
> ―「행복의 조건」 일부

현실의 수용은 '단순'에 이르게 된다. 단순해짐은 모든 현실이 소란스럽지 않고 평화에 이르게 됨을 말한다. 수용은 평화이다. 그러므로 삶의 소란스러움에서 피안의 항구를 소유하게 된다. '복잡한 것보다는 단순에서 / 살뜰해질 수 있듯'의 인식은 수용의 절대적 현실을 가진다. 그러므로 '보지 않아도', 혹은 '듣지 않아도' 오히려 '좋은 것'이 보이는 현실에 이르게 된다. 굳이 좋은 것을 보려고 애를 쓰게 되면 오히려 그 현실에서 멀어질 수 있음이 인식되고 있다. 그러므로 '말'을 삼키는 현실을 가질 수 있다. 수용은 확고한 현실을 얻는다. 그리하여 '부족한 것들'이 '풍족한 것을' 소유하게 되는 진리를 가지게 된다.

> 꽃이 말한다
> 더 바라지 말아요
> 그냥 소리 없이 피어서 사랑할게요
> 눈을 감고 기다려 주세요
> 당신의 삶 될 거예요
>
> 예쁘게 피어 가고 있고나
> 그래야지 그러고 말고
> 그냥 웃는다
> 꽃의 말이 들리는가 보다
>   － 「꽃의 말」 일부

'꽃'은 수용의 실체성이다. 그러므로 만족이며 평화이다. 욕구나 지시들의 현실을 떠나 있으며 '그냥 소리 없이 피여서' 존재될 뿐이다. 무욕과 무망의 현실이다. 삶의 수용이 인식된 현실은 긍정된 사물 현실들만 존재된다. 그리하여 '그냥 웃는다'의 실존을 얻게 된다. 기쁨도 희락도 크게 욕구되지 않는 현실이다. 무미의 웃음 그 자체로 존재되는 무망한 현실성을 인식시킨다. 그리하여 '꽃의 말이 들리고'의 실존을 얻고 있다.

5

이제 주제적 진술 현실은 확고한 미래성을 의지 시키고 있다. 지금까지 삶의 인식성으로부터 신념의 현실을 확신하는 일이다. 내일에 대한 소망 지향은 소유한 현실의 기쁨이며 또는 삶의 고난으로부터의 자유와 성취감을 얻는 일이기도 하다.

텅 빈 허공에 하늘 심고 달도 별도 그리고
연꽃섬도 심는다

파랑 물감 확 던지니 하늘
노랑 물감 풀어 개나리 담치고

뜰에 뿌린 분홍빛 활짝

개똥벌레 초라 가랑이 오가며

지란지교 꿈꾸며 좋다

좋은 까닭 한없이 심어

분별없는 자리 만들어

하나로 만나서 하나로 살고

하나로 돌아가는 삶

                  – 「모두가 하나」 일부

  '하나'에 이르러 있다. 분열이 없는 분명된 긍정의 실존이다. 이것은 '허공'에 '하늘, 달, 별, 연꽃섬'들을 심음으로 얻어 내고 있다. 허공은 비움의 세상이다. 비어있는 현실에 심어지는 인식의 세상은 존재 속의 제재들이다. 결코 비움의 허공으로만 현실 시키지 않는다. 그리하여 시각적 인식성을 얻으려 한다. '파랑'과 '노랑'의 실체성을 요구하고 있음은 평화롭고 안온한 세상을 얻는 보조 개념들이기 때문이다. 하나로 인하여 '지란지교'의 세상을 만듦은 기쁨의 세상을 맑고 깨끗한 현실과 함께 이루어 내려는 의지가 있다.

    하늘 먹구름 몰고 와 장난을 치더니

    통곡하고 떠난 자리

더위 보따리 쌓는지
매미 설움 천지를 치더니
벌써 서늘함 끌고 온 계절

〈중략〉

오면 가고 가면 오고
멸과 승도 그러한 것을

무엇인들 온전히
내 것 어디 있던가
그냥 흐르는 것을 보면서
무심의 강이 된다
　　　　　　　－「내 것 어디 있던가」 일부

　소유에 대한 자유함을 얻기란 어려운 일이다.
대부분의 사람 생애는 소유에 대한 집착으로
소진되기도 한다. '오면 가고 가면 오고 / 멸과
승도 그러한 것을'의 진술은 자유됨의 순리를
얻으려 한다. 진술된 계절의 소란 인식은 사람
삶의 현실이 풍자되고 있다. '내 것 어디 있던
가'의 현실은 소유에 대한 진실된 인식이다.
'멸'과 '승'도 이러한 인식성에서 존재된다. 그
리하여 '무심의 강'으로의 현실을 깨달을 수가

있게 된다. '그냥 흐르는' 실존이지만 그것에서
결국 비어있음의 진실을 확인할 수가 있다.

꽃과 나
하늘과 가을
파란 강물을 이고
바람을 업고 간다

〈중략〉

할 말이 끊어진 자리
흐르고흐르고 흘러
하늘 보이지 않는다
　　　　　　　　－「꽃이 본 하늘」

'꽃'과 '나'는 동일의 하나로 현실되고 있다.
그리하여 '파란 강물을 이고', '바람을 업고' 존
재되어 있다. 순수 자연에 대한 극명한 소유 인
식성이다. 삶의 혼탁한 감성이나 욕구가 배제되
어 있다. 그러므로 '할 말이 끊어진 자리'이며
'흘러', '하늘이 보이지 않는' 실존을 얻는다. 하
늘이 보이지 않음은 인식의 존재가 하늘이 되
어 있음을 알리는 일이다.

온갖 집착과 모순
타성의 집에서 나온다

미련 없이 빈손으로
거듭거듭 다독이며
잘도 익어간다

온갖 장애물 경기를 거치면서
터져 아프던 갈등도 버리고
이해 못하던 모순도 놓고

허공아! 너 다 가져
커다란 내버림
　　　　－「내버림」 전문

　진술된 '내버림'은 상실이 아니다. 내버림으
로 소유 되고 있다. 일상이 가지는 범상의 실체
를 떠나 소유하지 않음에서 얻어지는 삶의 충
족감을 완성하려 한다. 사람의 타성은 굳어진
버릇이다. 긍정의 인식보다 부정적 현실성이 강
하다. 이러한 타성은 버려지기가 어렵다. 허나
진술은 이를 떠난다. 집착과 모순의 부정에서
'빈손'의 현실을 '잘도' 익히어 가려한다. 그러
므로 세상 생애의 갈등을 벗고 새로운 생애를

소유하려 한다. 그리고 허공을 만난다. 허공은
자유이며 내버림에서 얻어내는 생애의 만족이
다.

　임선영 시인은 무아의 자유를 소유해 있다.
있음도 없음도 존재되지 않는 무량세상으로 상
승해 가고자 한다. ※

임선영 시집

허공아! 너 다 가져

1판 1쇄 인쇄 / 2018년 6월 5일
1판 1쇄 발행 / 2018년 6월 12일

지은이 / 임선영
펴낸이 / 김송배
펴낸곳 / 도서출판 시원
등　록 / 2000.10.20. 제312-2000-000047호
03701. 서울시 서대문구 연희로 11사길 16-4
전　화 : 010-3797-8188
E-mail : siwonbook@hanmail.net
Printed in Korea ⓒ 2006. 시원
찍은곳 / 신광종합출판인쇄
배부처 / 책만드는집 (Tel 02-3142-1585)
04022. 서울시 마포구 양화로3길 99. (지하)

ISBN 978-89-93830-30-9 03810

값 / 10,000원